luft holt luft

holger winkelmann-liebert

luft holt luft

gedichte

Bibliografische Information der Deutschen Nationalbibliothek:
Die Deutsche Nationalbibliothek verzeichnet diese Publikation in der
Deutschen Nationalbibliografie; detaillierte bibliografische Daten sind
im Internet über
http://dnb.d-nb.de abrufbar.

© 2013 Holger Winkelmann-Liebert
Herstellung und Verlag:
BoD - Books on Demand
ISBN: 978-3-8482-5657-0

inhalt

wasser

im regen

ich zeige fotos
aus dem geheimen raum
dessen tür noch nie geöffnet wurde

ich sage sätze aus dem
untergrund des niegesagten
und verlor vielleicht meine unschuld

auf den nebel folgt der regen
sprengen will mein schrei
das wolkengerüst

du stehst neben mir am pool
und siehst den samen sinken
in zeitigem matsch

wetterwand

wetterwand aus klang
und meereswellenrauschen
zieht vom sonnenabgang her

luft holt luft und
stürmt in die dem meer
entkämpfte leere gegend

duck dich wind in richtung gras
und braunes brack und sieh dein gekräuseltes
spiegelbild die flut hinauf mit steigen

stadtgang

tanzen pfützen im pflaster
und schritte berühren haut

regen wischt das lichthaus
mit wundem wolkenwasser

erdumarmung in den schlamm
entlang gespiegelter zeit

gedanken jagen gleichzeitig
zum alten wald

ferner regen

jetzt regnet es wieder
es wird nie mehr aufhören
gelb grün rot
die zeit läuft ab
grau
es regnet wieder

reibst du meine augen
ganz nah deine hände
damit ich den regen
nicht mehr sehe
grau
reibst du meine Augen

gruß

du gesicht
du lang verlornes
wie du auftauchst
aus dem stadtgrau
mit dem kalten sommerregen

bleich und andre tiefe Augen
in der bräune ganz opak
rund und dunkel
schmalstummlippig
öder gruß dahin

ödes tal

ein westwind wie der fluss
ihn nie erlebt stürzt

in das tal der kräne
das eisen spannt kühlt aus und bricht

lachen aus schimmel und moos
und ein baumloses feld

hier weht das tote lied
die disparaten seelen

am toten fluss

am morgen hüllte sich der
alte fluss in sein leichentuch
er lag in seinem bett
und atmete schwer

ich hörte ihn röcheln
am traume des nachts
hörte das horn und
den glitschigen stein

kraftlos kleine wellen
brachen dort das
ufer meiner wasser
die brachen mein gesicht

fließgleichgewicht

regen fällt aus blauem himmel
auf großstadtautotümmelei
farbenbogen spannt sich feucht
im abgrundalptraumlicht

asphaltwetterglanz und
das fließende auge das
sich nicht erkennt

bedrohliche wolken glotzen
durch scheiben und tropfen in
wannen und spülen die spinnen
im fließgleichgewicht

ein schiff

boote schwimmen
menschen nicht
so will der herr
den narr ertränken

am ende der stadt
wo gewerk die
landschaft malt fand
ich ein foto von mir

aus einer toten zeit
das schiff versank
in wilder see

bleiche stille

bleiche stille faulen lebens
träge schleppen jahre und
schälen sich tot

verwesung und geburt
farbe flieht die erde und
die folgenden

bleiche stille faulen lebens
das welke moor folgt dem jahr
und schluckt meinen schritt

an meinen lidern
stirbt ein gefühl
im kalten wind

bleiche stille faulen lebens
heitere rückschau im reif
als der himmel vereist

taufe

sieh der flüsse lauf
sieh der jahre sterben
dies ist das holz
dies ist das blut

jeder tag regnet
jedes feuer erlischt
menschen fließen durch
der leiden gezeiten

sprich mit dem wind
wenn die blumen welken
in der luft saft
taumeln trunkne

dies ist das holz
dies ist das blut
die quellen fluten
an himmelsbergen

die fische ertrinken im meer
und wir sind nackt

abwärts

ich habe es schon gesehen
alles gesehen wie es
war kind mann greis

welten verschränken und brechen
wie es schimmert über
den kuppeln des vergessens

bringen die bäche das
wasser weiter in die
wiesen so rinnt alles

denken weiter in die
vergänglichkeit wo es
versinkt nichts wird bleiben

stumpf reibt sich der geist

frühe wärme

eisige abstraktion des stroms
im tiefen blau des landes

frühe wärme später winter
sonnige sehnsucht strahlt

selig die einsam fließenden
die ohne ort in fernen ziehn

ich verspreche nichts
ich befreie mich

eishand

kalt hebt der tag den morgen
und in die leere tanzt der tod
die blätter fallen

ich sinke in gras das
das fest nicht aß
das glas der zeit ist leer

wer trank den sommer
wer stahl den himmel
und deckte das feld

ich dachte mondlicht noch
zu trinken jetzt schenkt
die eishand aus

kontakt

einkehr

du fülltest den leib des traumwandlers
mit wachheit

du hobst die lider trockner augen
aus ihrem schlafsand auf

und tränktest sie im blauen tau
deines geheimen gartens

du nahmst die träge hand
vom bauch und hieltest

sie wie ein gebrechen
in den deinen

der welten dinge

strudel der zeit und krummer raum
mir gegenüber der baum
splittert zu brechungen an grünen
nadelhänden und herbstlichem himmel

viele stunden liegen wie reif auf
blättern wenn ich sie ansehe
wirbelt staub auf im
flüchtlingsstrom der gedanken

staub und gier und ein schlag ins
gesicht und ich falle zurück bis
kein welten ding mehr
schwarzer wahn und entrückung

und der schlund wächst weich
und schlingt die süße deines schweiß
im mond hackt volumen den wind
und überflutet die meere

sieh wie aus meinen augen die
ströme in deinen rachen stürzen
und wie das universum spielt
mit unseren rasselnden körpern

verwundete nähe

winterliebe wortlos kam
wie wildes wehen der küsse
schüchtern hände heben hauche
aus der trocknen luft

vollmond hinter fetzenwolken
stummer mund verliert ein
wort verwundeter nähe
wer versteht was ich nicht sage

am abend legte sich
mein leib auf deine scham
wie einer muschel kalke wand
auf ihre lose perle

schweigend geht die lust
durch das totenfeld
gebrochenen rohrs

schauer kühlten aus im
faden schleierlichtgewirk

fließgestein

die luft geht
und mit ihr die
klänge ferner orte

ich lege mein seidenohr
an deinen fels
du fließgestein
und lausche deinem lavabach

ichbrei

konflikt im ichbrei
benutzter und schöpfer

zweite existenz
und neues werk

abstoßende einheit
aus haut fleisch und eiter

farbenwind

zupft kalter zug zerfetzte ärmel mir
achternwärts schrauben zerre blicke
blöd nach unten blätterkreiseln zu

was willst du sterneneis verlorener
nächte tränkende brüste die beiden
monde am zerbröckelnden marmorhimmel

die finger des waldes zeigen nach oben
opfern dem nebel blut und regen schält
das gesicht der jahre

rothaut

wüstenberge wüster weite
darin ruinenknochen fingern
kieselnde schritte und eine
rothaut die mir folgt

dann schließt die sonne ihr leben ab
und die rote schweigt ihr geschwür
tief in den rachen hinein

ich kenne dein geschwür
es übermannte mich schon längst

die lügnerin

ein altes haus das einstmals fest gebaut
verfällt verlassen am kanal
du sagtest noch du willst hier bleiben

doch kehrte ich den rücken schon dir zu
und streckte meinen blick zum wasser hin
zum kahn der freundlich mich empfing

ich hörte deine rufe nicht
hörte nicht den geschwätzigen wind
und nicht die sänger in den gondeln

ich schaute taub ein altes haus
das einstmals fest gebaut
versinken in das brache feld

versinke nur du lügnerin
dein fundament ist morsch

sublim

sublimieren wohin wahnsinn
fließt und quillt und wuchert

vom braunen bauch kraucht
wollend tong gen

musica diablo zuckt lust
im trunknen nebel

der distanz verschleiert
bis zuletzt

dann rätselhaft geschafft
gerafft die gier

weißtag

weiß fällt licht
auf blauwasser stern
dass du noch ziehst den tag
aus seinem schlaf

und eingestorben biegen holzlaternen
ihre häupter in das eis
das meine augen flieht

am tag im herz ein druck

modesto

weiche form im paradies
rettungsrutschen eingetaucht bruchlandung

bist alles mir seit ewig schon
so wird es sein

so stürze ich in deinen schoß
zum letzten mal

weiche form der mneme
ernüchternderweise gegangen

so wird es gewesen sein
so stürze ich in deinen schoß

zum letzten mal
so wie damals

dänischer brand

ich blieb am himmel hängen
sonne rötete gesichter
unerhörte arbeiten damals
der schrott versteckte mein aug

belanglose vorstellungen
auf rutschigem steg
ein galgenberg und eine
kleine stadt im dunst

nachts kamen die wolken
und ich war nackt
vielleicht obsessionen
verbrannten die haut

fensterblick

fenster meine augen
netzhaut ist der raum
in dem du tanzt

mond mit rosa wolkenpranke
greift nach unsren seelen
im blick ein spiegelbild

fern schwebst du
durch dünne luft
wie der winde kuss

ich labe jenes
dunkle fenster
hinter dem du bist

tironische noten

die traurigkeit die mich befällt
wenn nah doch fern der himmel wächst

wenn leute klamm
im nebel stehn und viel

geschwatzt wird in der runde
wenn ich an deine seite will

und blau dein aug mir nicht verrät
ob regen kommt ob wind

der tanz ein totenlied in hallen
des tötens in denen der wohnt der

teppichgedicht

auf altem teppich
ruht schwer die stirn

ich verlor meine hände im
schnee und vergaß die zeit

kalke brust fällt auf den
flor und singt das gasel

stufen

sie gehen noch
spiegeln sie im nebel

heimliche schmerzen
und worte lasterhaft

gräber in beton
versprühter sinn haftet

an den scheiben und dazwischen
steigen wir hinab

endender rausch

der tag frisst seinen schatten
figuren fluchen in schluchten
und speien dämonen

der endende rausch will
licht und schönheit und
musiziert in sternenferne

und zuversicht steht friedlich
in ihrem warmen licht und
wickelt schlaf in endloswelten

eines ortes

brüderschaftsbetrunken im luftleeren
raum wirkenden sinns
sehen und lösen und
gräben entschleiern

ein see gibt klänge mir ein
und ich lausche und lächle
und fülle das schöne
mit kleiner erkenntnis

eisen und holz und erde und stein

eines blickes

menschenleere straße weht
ins grau der winde
fetzen tanzen mit dem staub

fließende töne
und schuppen und nacht
und eisenschienen bis zum kai

das leben ging
die ziegel blieben liegen
unwürdig eines blickes

liebesgedicht

zwei weiße augen weinen mich an
und singen schwarze musik

ich habe keine antwort

sinloser lärm
ich höre das flüstern nicht

doch wenn die stille ängstigt
bleibt nichts

das hohe lied

dein böser blick fällt hart
und schwarz und schmallippig
als du dein schwarzes
haupt wirfst um und her

und trifft ein schwarzer stich
dich ganz opakes tiefes aug
von unten her den auditor der seine
seiten fester presst ins eingeweihte herz

dein halbmondkopf du weißes schwert
reckt klingen drin ein rinnsal bluts
wird fluss und meer als hebt der wind
das himmelsschwarz und singt

o bindet mich doch an den mast

o seht die schwarze göttin weint als
hände über saiten gehn ist sie ein kind
und lacht auch dann im dünnen klang
gleich einem längst verlornem tanz

o seht die schwarze göttin lacht als
hände über hände gehn in ihrer hohen
stimme lust und reinheit tönts im
zeitenraum den nie ein mensch betrat

da liegt nun in der männerbrust
ein wundes wolkenwerk
und regen färbt es grau

hier schwarze bist du fern
mein dummer mund soll deinen
schoß nicht nässen noch tören

wer den regen dir bringt
deine schwere erleichtre
deine stimme erheb

wunder male

würdende wunde
auf leiber gesät
wie ein mal

nur einmal fiel
nacht in die stadt
und taumelnde körper
stürzten den wundenden raum

male im tanz
um den bauch und
die brust und
das herz fällt heraus

aus trunkenen augen lacht
ein leuchtender engel im fenster

luft

atemweg

fast ein traum
ein lebender schlaf
und hört den takt der neigung

atemrhythmus spannt den weg
vom aufstehn bis zum auferstehn
ein langer atemweg

traumzeit geht
vorbei wie nichts
und alles

läufer

laufe nur und fang den wind
laufe die weite hinauf
füße nur und gras sie sind
erde und ruhe zugleich

später lag jan im
stall und schluckte an
den resten der geschwindigkeit

zornig war die luft
und schnitt seine brust

tanzluft

hell der abend bei schwerem gewölk
und die himmel weit in das land
wie auf das wasser ganz genährt

feuchte luft im tuch
und roter stein und brücken
schulterschweiß ein blick hinweg

und weiter wie es reicht
bis blau und grau und grün
die ferne weint

dann kommt der tanz
ganz leise
aber kraftvoll

tageslicht

der augenblick schwingt und versteht
in dir bin ich und du in mir
dies ist der ursprung

der tod ist kein sensenmann
und auch kein henker
er ist bedingung

stirnbruch

erwartend den tag
in leerer nacht

der tag an dem das licht
mir fällt in müden schoß

an dem der geist gewaltig
in die stirn mir bricht

und öffnet alle narben
dem himmel hin

zu heilen ein
geplagtes selbst

vom krebs der
abkehrtriebe

fieberkurve

erste notiz rückfall
übersetzungen aus der
zauberkiste der genialität

das bett ist fleisch
ist der patient
der streift umher

rückfall in kranke gesundheit
kreisbahnen am nachthimmel
sternenfreiheit

stille am krankenbett
mancher sagt
er sei geheilt

rückfall in den tag
notiert auf dem
absurden brett

ein possenstück hinter gittern
ganz normal in diesem hier
in diesem tiegel

jetzt wachse in den sturm

verwesendes

zerreiß den beton deiner medien
nimmersatter salpeter fingert
in gilber zeit

lege die hand auf dein rosenbett
und klaffe bebend im meer
aufgezehrtes echo bricht im beben

ich fand den mond
las ihn auf und
hing ihn an den himmel

atemnot bewuchert haut

höhenluft

meine berge sind dünn und atemlos
und die beine sind schwer
ich verstecke den geist
vor meinem betrug

bedecke da drinnen deine lider
und sieh die schlange
sie sieht o ja

was ist gefragt
an wirklichen gestaden
wo saft flieht die gefühle

hörzug

ich höre und will denken
kein mensch soll wohnen da wo ich
sie sind der mantel der nicht wärmt

aber sinne hat
wieviel es ist scheint alles zu sein
ständig entflohen im klang

öffnet sich die lunge
zum tiefen schier
letzten atemzug

weiße berge

ich friere
kalter wind
ich fand dich am flussufer

tote bäume
ein autowrack
darin lagst du

und verschliefst
die moderne
im affekt geschehen dramen

lächerlich vielleicht
niemand lacht
kommst du mit in die weißen berge

privat

müll in hinterhöfen
betrogene frauen
ausstoß
nervenstränge
ein kitschfilm

geheime graue fenster
schläge schreie
blech bricht stirn
intimes licht
private pornos

herbst

wind biegt pappeln
in den augenblick
leute kümmern in wolken

kaltes licht behängt den
wald im herbst
jetzt nicht allein

gebrochene blüten zwischen
schlaf und wandel
unter erinnerungsästen

seltsamer schimmer im schmerz
einige sterben unter den
farben verborgener nacktheit

wahrnehmungsnebel im
sterbenden jahr
aufgelöste gedanken

sprache

dieses schweigen

schweigen das langsam
ziehende wolkenhaufen
am mondnen himmel
auf den wartenden legen
und die geräusche dieser stadt
am hafenufer schluckt
schleicht in das haupt
und bedeckt es wie ein
rinnendes hämatom

dieser schädel muss platzen
und er wird es
dann liegt sie da
die sucht
die zehrt und winselt
wie ein hund
das schweigen das erstickt

vom spucken

ich spucke stehende bilder
irgendwelche spiegelschatten
irgendwelche kaputten klänge

monotone minuten luftloser worte
ich höre ihre demut nicht und
starre auf die trägen lippen und
blase den bach in die nacht

sinnsüchtige sequenzen sinds
aufgesammelt und hingestellt
wie vieles

sprechen und tun

arme strecken worte werfen
lippen rühren finger wechseln

dunkelheit der ahnen
vergessener visionen

ein rabe im winter und
erinnerungen die nicht mir gehören

aufschlag von körpergeschossen
sprechen und tun

sprachteer

teer quillt aus mündern
stille dröhnt und höhlt
die tauben lippen
eingemauert in haut

die nacht schläft ihre schatten
draußen läuft die straße hinter mir
weg von mir und mit ihr kippt die welt
über ihren rand nach norden

null uhr spieler besprechen das wichtige
es schweigt in meinem mund der leer ist
teer der sprachfluß
ich schließe meine ohren traumlos

waldesruh

dunkelheit beschließt den wald
so zünde nun die kerze an
und decke nun dem knochentisch
den elendsdung und sprachblasenbrei

die trocknen häute können
nun nicht mehr sprechen
dunkelheit verschluckt ihr gras
und flüstert seidenzart

hirnschatten

rätsel raten am eigenen tun ergründlich
den schimmel am keim ob des feuchten
erdenbettes erriechen durch zerteilung
in kausale sinnzellen

dieser pilz treibt unsere tragische figur
in zweifelhafte untergründe jener dreck
macht seinen körper schwer wie blei
vernachlässigtem gut zu tun

vibration zerfügt das fenster mit dem blick
zurück in blöde brechungen aus dem prisma
jener schmutzigen vergangenheit irrwitziges
visionenspiel vom wirken des kläglichen worts

sieh da
ein neues schicksal
neuer schatten
im hirn

giebelgeweihe

giebelgeweihe biegen
schief und lästig in die schlucht
schuld frisst vergessen du stundenluder
belegst ein selbst mit abgasschnee

nasssackschwer stürzt es in liederliche arme
und schreit die lust den sündengiebeln hin
den gilben giebeln der faulen stadt
die frisst nur frisst bis nichts mehr ist

giebelgeweihe biegen sich blöd
blökend den blinden hin
ich gehe in den wald
und höre die hirsche röhren

flurnacht

nacht schlich in den tag der schon zu alt war
so kamen alte geister auf den blick
der sich senkte stillen tiefen hin

ich tötete die erinnerung mit scharfem messer
die rede blieb aus es hatte sich erübrigt
es würde kein wort mehr fallen in dieser nacht

musik tönt in den fluren blättergilber
türen die ich schließe
dann bleibe ich allein

steingezeiten

grelle gesänge und dumpfer staub
die stadt verlassen im feld
eines ständigen traums

ich horche nachts in das taube hinein
wenn die stimme des freundes spricht und
erzählt von der schönheit der einheit dem weg

steingezeiten brechen den blick
und das auge zittert am wind bis
es rollt und fällt und die hand

die sich füllt fängt es nicht auf
der schatten des freundes verbrennt
und die asche weht in die schlucht

laub und gras sind freuden
und zeitlaub welkt auf der haut
und der tote freund umarmt mich

und ich sehne den herbst
und will weinen
doch das auge schweigt

nachbarschaft

absprachen kauern klamm
an wänden die
ich schlug

die luft schwieg
wolken schoben stumm
die stadt an einen anderen ort

ich schwamm hinüber
zum andern ufer
und verschwand

sprache herrscht
verschworene scharten
im prisma der dialektik

ich bestieg eine wolke
und schob die stadt an
einen anderen ort

blutklumpen

ein klumpen blut
nahm das schreibrohr
und erhielt sprache

nicht der himmel schweigt
nicht das meer rollt
steingezeiten brechen den blick

maschinenfälle tönen
den scharfen weg
aus dem geist

den klumpen blut
im stundennetz zerrt
zeit in ihren tag

opakes wort

summender wind
bricht sich an dürrem holz
und still legen berge sich an den himmel

hitze furcht risse
in haut ein wundenziehn
und das auge fällt

ein tal will blühen
ein staubstummes dorf
wie ein opakes abschiedswort

bittre lippen

ich sehnte den wind
am ufer des ölsees
und schlug den weidenstock

den leichnam ließ ich
liegen am horizont
der baumlosen gegend

der schmale mund war
blau und blutschwarz
war das haar

im toten see
begrub ich die
bittren lippen

amorphe verse

stummheit befällt trommelfelle
ungeziefer das
summen platzt

verwandle dich
mein ritter
treue brütet am ast

satter erde dumpfe lust
verriet amorphe verse und
rieb die muschel am wind

tote nehmen opfergaben
runen der zeit und
bruchstückhafte silben

unsichtbare schwester im
braven sud sackender sucht
ein versprechen der ätherfluss

ankunft

ich wollte ins land fuhr aber in städte
ich wollte zur erde traf aber menschen
ich wollte entleeren füllte aber auf

massenwahn am überfluss verklumpt
zur rauschhaften lebensillusion
ich kann die sinnlichkeit nicht mehr ertragen

ich verschlang körper und stoffe
und verlor die liebe zu ihnen

ich wollte ins land einen baum zu sehen
nie sah ich einen

ich wollte zur erde den grund zu spüren
nie spürte ich ihn

ich wollte entleeren zu sehen
nie sah ich

boden

landwaage

die ruhe ruft
das graue land
in ihren schoß

verende nun gewerk
dein ort ist hart
und kalt

das land will
träumen nun
und schweigen

und senken seine
wasser in das taube
tuch der nacht

die waage wiegt sich aus

handschnee

schnee hält böden fest
schatten liegen lang
auf weißem gras

klang hebt kalten
raum fernwärts
vor die jahre

die nicht vergingen
sondern erfroren

die lachten im sommer
und schliefen im wind

und nahmen die hand
in die hand
und zogen dahin

die fugen in
offener hand
verwinden im schnee

versandete zeit

der see den meine
träne schuf
ertrinkt

vom dünenkamm weht
ferner jahre sand
hinein

wo wuchs wirft
boden nun
das salz

und in der sonne
verbrannter haut
splittert das aug

der tide fracht
verheert was
unser scheint

weihe

eingeweihte eingeweide
weihen die stunde
des leibs

verlier meinen bauch
und meinen schlauch
an die nacht

die da fällt
auf das dach
ich war wach

nein ich schlief
in den wassern
des nebelnden kais

und die kinder trugen laternen
und die sänger verloren den wind

rückseitenwetter

windig fällt der himmel
in die geest und ruhe
im laub und hebt an
wieder windiges flüstern

offene dächer fliegen
tönend verwellt in
die füße mir tragen
die sehnsüchte fort

ein schiff sticht ins land
das am abend brüllt
und am morgen klagt
und zu mittag schläft

bis der regen der
große wanderer kommt
an die andere seite
der stille und stört

trunk

kam aus dem land und
kam wieder dort hin

trinke den raum und
vergesse das brot

fließe ins meer und
geh nicht mehr an bord

kam an die luft und
komm nicht mehr zurück

florida

flaches und feuchtes
schwimmendes land
niemand sollte hier wohnen

doch nie ist das auge
allein auf dem sand
das rufen in taubenden ohren

und im feindlichen sumpf
schwimmen die bauten
wie fallende blätter

dieses land ist verseucht
seine unschuld zerstört
seine fruchtbarkeit tot

wann holt dich das meer

lakeland

fern der ferne
mein blut unerreichbar
der kormoran breitet die schwingen

ihr kinder nun schlafet
gedankenbehangen
das irische moos

tönende sonne
deckt tränendes land
die vögel verlieren revier

mein mantel geöffnet
geschlossen zugleich
die tochter umarmt mich heut nicht

gespenster

lichtmast

kranke angst
am alten tag
nackt dazustehn

blut ist heiß
und haut blättert
von den schläfen

druck im darm
in den die augen
müde fallen

und zeit hört auf
und raum und
dann das leben

lichtmast greift
in kranke angst
und ihre nacht

segeltörn

aus der winsch fiert
wild die schot

die dirk verliert
den baum der halst

das fall am topp hält
mühsam nur das groß

am vorstag zerrt die fock
und bug schießt in den wind

und an der pinne achtern

lenzt der skipper
das bier aus der bilge

wausau

geschundene weite
und trauriger rest

und kinder verschollen
in eisiger luft

verkleidet wie wild
im bilderbild

und sehen nicht
und meiden die brücke

und saufen rebellisch
und schänden ihr fleisch

und laufen den kalten
alten davon

und kommen doch nur
in das lügenrevier

lincoln ben

du denker trägst
deine last
ohne hast

hast fragen gestellt
an die welt
und an uns

auf die andre schon
schossen mit ihrem gewehr
und ihrem hohn

du liest und du schreibst
und lässt jene schrein
ohne hast

berliner lampe

gilbe berliner lampe
gedanke aus wand
und ein fluss den
wir tranken

wir tranken uns leer
und warfen das kleid
in die zeit die
der fluss uns stahl

am wundengrund wog
feucht nun dein begehr
als einer welt
verlornes ziel

wo eine neue stadt
aus brüchen wuchs
am fluss die wand
und die berliner lampe

gedächtnisräume

lehm hebt das meer
und ein tauber wind
die tempel der erinnerung

höre doch hin
in das laub das moor
die säle der erinnerung

ich nehme sie mit
auf reisen auf tod
die höhlen der erinnerung

leibverlust

hass

es geht um nichts
und hass
ernährt sich doch

bewusst und blind
geschlagen
hab ich auch

am sarge bricht
das glas
im lügenloch

das seit ich kind
schwarz lag
in meinem bauch

blutsturz

augensturz in himmel
kalter erwartungen
an die tat

so geh doch
in die stadt
und biete brot

und sprich auch
stumm in das gewirr
am sprachluftfluss

und wirf ein
wort hinein
das wiegt

bilsen biegt sich
böse schon
ans rote ohr

augenblutsturz
am zechenstrand

versitz

hielt harte hand
und sank in
versinkende wangen

erzählte von
spielenden kindern
im blühenden gras

als die stille
trat ein in
den todkranken raum

dann warf der hass
die axt ans
kranke dach

er besaß und
verlor und hat
nicht verstanden

leibverlust

der leib mit dem mein leib
einst eins
ist tot

und bahrt erweißend
dunkel im zimmer eines
endenden tages

der graue blick zum dach
die gelbe haut entschwemmt
der kiefer quer und schwer

seh abendwarm im blütenschwarm
im traum da draußen im land
das nicht wahr

bis auf das stumme herz mit
seinem losen blut das fällt
ist nichts wahr

die mich gebar gebiert den tod
und transformiert was ist
in nichts das wird

und leer schaue ich ihr nach
in die nacht die
sie bereist

bis mit dem morgen sie in den
garten tritt den ich ihr
in die hand gelegt

der leib mit dem mein leib
einst eins
verascht

und washeit wird warheit
und hinter mir
brechen die brücken

kindheit stirbt

video album

bilder blieben im liederbuch
kindheit und jugend
und hochzeitskleid

bilder blieben vom lebensbuch
momente memento
mori et tempus

bilder blieben nicht genug
kein heimliches wissen
kein seelenbesuch

ich kannte sie nicht
sie kannte sich nicht
und der bruder erzählt nun von leichen

rücksicht

schlage jetzt was war
schlage die toten minuten
gefrorene blütenpracht

im frühling der lüge
geschwommen im schein
im takt der rücksichtnahme

im untergrund des niegesagten
verlor ich nun wohl
meine unschuld

roter kurs

roter kurs
den fluss hinab

wo führen
die wege nur hin

am ende gehts
auf große fahrt

so lustvoll leicht
wie zu beginn

erbe

laub staubt haut
im alten baum
der mich umarmt

holz klopft klamm
den faulen arm
das morsche bein

und in das joch
schlägt zeit ihr
rohes relief

zitterndes rindengesicht
die flechten fließen
den asthern zu

ich nehme das moos
und lege dem sohn
es in den schoß

spiel und delir

schätze verspielen vergessen
zeit wie es ist ohne zeit
in den tag ohne zeit ohne neid
ohn verbindlichkeit

spielen mensch spielen mann
spielen welt ohne geld
in den tag der da lag
ohne endlichkeit

und der traurige rest schleicht
und presst in die luft
den vergorenen duft
dekadenten delirs

kū ki — luft

verlasst die erde